Twittering Birds Never Fly

KOU YONEDA

4

Twittering Birds
Never Fly

# Contents

# Characters

## Yashiro

Unterboss der Shinsei-Gruppe des Doshin-Syndikats. Erwirtschaftet Kapital mit Shinsei Kogyo, der Tarnfirma der Shinsei-Gruppe. Kageyama ist sein einziger Freund, sie kennen sich seit der Oberschule. Yashiro hegte heimliche Gefühle für ihn, aber seit Doumekis Auftauchen durchläuft er einen Sinneswandel. Jemand trachtet ihm nach dem Leben und hat ihn bei einem Attentat schwer verletzt.

## Chikara Doumeki

Yashiros rechte Hand und Leibwächter. War früher Polizist, wurde aber wegen Körperverletzung zu einer Haftstrafe verurteilt. Er hat eine jüngere, nicht blutsverwandte Schwester namens Aoi. Er ist impotent, fühlt sich aber zu Yashiro hingezogen. Als Yashiro vor seinen Augen zusammenbricht, wird er sich seiner Gefühle für ihn bewusst.

### Misumi

Unterboss des Vorstands des Doshin-Syndikats. Hatte in seiner Zeit als Boss der Shinsei-Gruppe Yashiro ins Boot geholt. Eine Zeit lang waren die beiden Lover. Aktuell ist er der Favorit für den Posten des Dons des Doshin-Syndikats.

### Amou

Misumis Sekretär.

### Hirata

Boss der Shinsei-Gruppe. Ist äußerst machtgierig und will in die Syndikatsführung. Hat großen Respekt vor Misumi, hält aber nicht viel von dessen Beziehung zu Yashiro und unternimmt deshalb etwas.

### Ryuzaki

Boss der Matsubara-Gruppe des Doshin-Syndikats. Älterer Yakuza-Bruder von Yashiro. Er betrachtet Yashiro zwar als Feind, hat aber auch starke Gefühle für ihn. Steht im Verdacht, der Drahtzieher des Attentats auf Yashiro gewesen zu sein, doch in Wahrheit ...

### Nanahara

Jüngerer Yakuza-Bruder von Yashiro und auch dessen Assistent. Außerdem älterer Yakuza-Bruder von Sugimoto und Doumeki. Als er von Hirata erfährt, dass Ryuzaki Yashiro töten wollte, beschließt er, diesen umzubringen.

### Sugimoto

Jüngerer Yakuza-Bruder von Yashiro, älterer Yakuza-Bruder von Doumeki.

### Kanji Kageyama

Niedergelassener Arzt (Internist). Freund von Yashiro. Hat einen Fetisch für Brandwunden. Er und Kuga sind ein Paar.

Als ich ihn aufs Bett gedrückt habe, habe ich etwas bemerkt.
Das Verlangen, ihn zu beschmutzen ...
... und dass ich mich bei ihm nicht beherrschen kann.
Und außerdem ...

... dass er mir kräftemäßig unterlegen ist.
Twittering Birds Never Fly
Kapitel 17
Twittering Birds Never Fly

Oha!
Manchmal hast du ja doch Geschmack, Doumeki.
Wo hast du das gekauft?
In der Apotheke.
Ach so, weil Doktor Kageyama Internist ist.
Am Dreiecktuch war auch Blut.

Haben Sie Schmerzen?
Blöde Frage. Natür-lich.
Möchten Sie eine Schmerz-tablette?
Hatte schon eine.
Sagen Sie bitte, wenn ich etwas für Sie tun kann.
...

Das ...
... auf dem Laken ...
... ist das von Inami?
Hm? Was genau meinst du?
Ach so! Das ist meins.
Während du weg warst, war ich so erregt, dass ich mir zwei, drei Mal einen runtergeholt hab.
In Wahrheit viermal.
Er hat in die Badewanne abgespritzt.
Lassen Sie mich das machen.

Tun Sie ab sofort bitte möglichst nichts mehr allein.
Waschen Sie sich nicht mal alleine.
Alles, was nötig ist, werde ich für Sie tun.
STECH
Chef ...?

Alles in Ordnung?
Klappe. Hör auf, mich anzusehen.
Jawohl.
Wir sind da, Chef.
Brauchen Sie etwas Bestimmtes aus Ihrer Wohnung?
Meine Knarre. Eine einzige reicht nicht.
Ich gehe Sie holen. Sagen Sie mir, wo sie ist.
Schlafzimmerkommode, oberste Schublade.
Du musst den Boden rausnehmen. Hier, der Schlüssel.
Da!
Jawohl.
Ich nehme den Hintereingang. Kommen Sie dorthin.
Geht klar.

...
KLACK
KRSCHACK

Gratis
Saunaclu
CRYSTAL
Guten Abend!
ROMMS
Aaah!
Wo ist Ryuzaki?!
Wird's bald?!
Äh ...!
Was ist da los?
!!
Iih!
Raus mit der Sprache, wo ist Ryuzaki?!
Er muss hier irgendwo stecken! Los jetzt!
ZITTER
Aaah!
ZITTER
Hi... Hi... Hier ist ...
Ich weiß, dass er hier ist!
Sag mir wo, oder ich tret jede Tür einzeln ein!!
I... Im obersten Stock ...!

ガチャ
KLACK
SCHRECK
SWUPP
Na...

TOMPP
Nana-ha...
Ryuzakiiiiii!!
Urgh!
ÖCHÖ
Wie hast du mich gefunden?
Sie waren ja so nett, Ihren Leuten auf die Mailbox zu sprechen.
Die Geräusche im Hintergrund waren ziemlich eindeutig.
Ich hab all Ihre Läden nach Ihnen durchkämmt.
Wie kommst du an ein Handy meiner Leute?!
Ich hab den Mah-Jongg-Laden beschattet, weil ich dachte, Sie wären da drin!!

TSCHACK
Ich komm mir vor wie der letzte Depp.
Das hat man davon, wenn man sich von Boss Hirata anstacheln und aufs Kreuz legen lässt.
Trotzdem, Sie waren es, der dem Chef die Kugeln verpasst hat, oder, Ryuzaki?
Bevor ich Ihnen das Hirn wegblas, will ich die ganze Wahrheit!
Was hatten Sie und Hirata für einen Plan ausgeheckt?

...
K.K

BRRR
BRRR
Hast du sie?
Äh ...
Hm? Doumeki?
Ja. Ich habe sie gefunden.
Ich komme jetzt raus.

Entschuldigung, dass es so lange gedauert hat.
Hast du was Komisches gesehen?
Du siehst irgendwie so aus.
Nein. Nichts weiter.
In der Schublade sind nur meine normalen Toys.
Was zählt denn für Sie als unnormal?
Die kriegst du nicht.
Wer sagt denn, dass ich sie will?
Wie, du verschmähst meine Sammlung, meinen ganzen Stolz?
Was denn nun?!

PRESS
Selbst wenn das stimmen sollte, was Sie da erzählt haben ...

... ändert das nichts daran, dass Sie versucht haben, den Chef abzuknallen.
Wenn ich's nicht getan hätte, hätte er mich abgeknallt.
Zumindest bin ich davon ausgegangen.
Und jetzt nicht mehr?
Ich werd so oder so umgebracht.
Deswegen hat Hirata dich doch aufgehetzt.
Wenn ich vor Yashiro sterben würde, würden meine Leute das nicht so hinnehmen.
Der will 'nen Bandenkrieg vortäuschen und dann alle beseitigen, die ihm im Weg sind. Darum geht's.
Ich pack's einfach nicht ...!
Wie zur Hölle konnte es so weit kommen?!
Ein Yakuza-Vater, der seine Söhne tötet?! Was soll das?! Hat der Chef irgendwas verbrochen?!

Er hätte das mit den Drogen doch nie ausgeplaudert.
Vor allem nicht, wenn sein eigener Boss mit drinhängt.
Hirata will einfach nur Yashiro aus dem Weg räumen.
Und das schon seit über zehn Jahren.
So ein Quatsch! Wie kommen Sie darauf?!
Wegen Misumi.
Wenn der Yashiro nicht so den Arsch gepudert hätte, wär das doch alles nie passiert.

Als er in den Syndikatsvorstand gegangen ist, soll seine Bedingung angeblich gewesen sein, dass Yashiro Unterboss wird.
Klar, weil der Chef das Format dazu hatte!
Er hatte schon damals genug Grips, um zu wissen, wie man das meiste Geld reinbringt.
Hat er damit irgendein Problem?
Keine Ahnung, weshalb Hirata Yashiro gerade jetzt ausschalten will ...
... aber den kriegst du nicht mehr umgestimmt.
Nicht mal ich ...
KNIRSCH
...!
Was heißt hier „nicht mal ich"?!

Ihnen ist der Chef doch letztlich auch bloß im Weg.
Haah ...
Hätte ich ihn wirklich umbringen wollen, hätte ich's selbst gemacht.
Hää?! Sie haben doch grade deswegen einen Attentäter geschickt, weil Sie's wollten!
Fresse!! Was verstehst du denn schon?!!
Ich ...!
Er ...!
...

Ich kenne ihn genau.
Seit er als 19-jähriges Großmaul ...
... für jeden die Beine breit gemacht hat und ihn alle angewidert als Matratze benutzt haben.
Er hat Format?! Dass ich nicht lache!
Schon seit Ewigkeiten. Noch viel länger als du.
So einer eignet sich doch überhaupt nicht zum Yakuza.
Habt ihr eigentlich alle Tomaten auf den Augen?!

Ryu-za...
TSCHACK
ガチャ
Zieh Leine!
Ob ich Yashiro nun umlege oder nicht, Hirata will mich wegen der Drogen kaltmachen.
Die Bullen beschatten mich auch schon.
Du solltest jetzt besser bei Yashiro sein.
Und Sie? Was haben Sie ...
... jetzt vor?

überleben. Ihr werdet schon sehen.
…
Haah …
Ey.
WAMM
FJOSCH
Beißen Sie mal die Zähne zusammen.

Hey, sorry wegen vorhin, ja?
Oh, äh, schon gut ...
Einen ehemaligen Boxer ...
... oder was davon übrig ist, unterschätzt man besser nicht.
aclub
ystal
Saunaclub
CRYSTA
...
KLACK
Pi
Pi

DRRRRRR
Drrr
Oh.
...
Wo steckst du, Nana-hara?!
Ich hab Ryuzaki getroffen.
Hast du ihn abgeknallt?
Nein ... Hab ich nicht. Tut mir leid.
Was entschuldigst du dich? Ich wollte das doch eh nie.
'Tschul-digung ...
Wenn du ihn getroffen hast, habt ihr euch unterhalten?
Ja ...

Ihnen war das doch gleich klar, oder?
Dass Hirata mich einfach nur dazu benutzen wollte, Ryuzaki umzubringen.
Und dass Hirata derjenige ist, der Sie kaltmachen will.
Er hat mir alles erzählt.
Ich wusste es.
... Würde ich gerne behaup-ten ...
... aber zu hundert Prozent sicher war ich mir nicht.

So was Dummes aber auch! Wer sich profiliert, wird eben immer bestraft.
Wie ...
Wie können Sie darüber auch noch Witze machen?!
Ich kann das nicht so stehenlassen!
Er hat Sie zu seinem Sohn gemacht! Sie umzubringen ...
... dazu hat er kein Recht!!

Ohoo.
Und was willst du dagegen unter-nehmen?

Nana-
hara?
KLACKER
Ey,
was ist
denn?
Nanahara!

# Twittering Birds Never Fly

## Kapitel 18

Twittering Birds Never Fly

...ra!
...hara!
Mmh ...
Nanahara! Wach endlich auf, Mann!
Herr Saka-maki?
Was wollen Sie denn so früh am Morgen ...?
Es ist nicht Morgen, es ist schon 15 Uhr.
Wo steckt die Chefin?
Äh ... Wenn sie nicht hier ist, ist sie vermutlich einkaufen ...
Sie muss dir ja sehr ver-trauen.

Hä?
Sie ist eine vorsichtige Frau, aber hat dich hier alleingelassen.
Dabei bist du erst vor ein paar Monaten reingestolpert.
Weil ich der Rausschmeißer hier bin!
Bild dir mal nichts ein. Noch hat niemand mit dir Bruderschaft getrunken.
Bruderschaft ... Boss Misumi ist schon echt cool.
Ja, der Boss ist okay, er behandelt uns Fußvolk immer gut.
Unterboss Hirata hingegen macht einem immer nur Arbeit.
TSCHING
Der Schlüssel war zu leicht zu finden.
Sollten Sie das wirklich so laut sag... Ey!
Lassen Sie gefälligst die Kasse zu!
Da... Das dürfen Sie nicht!
Keine Bange! 20, 30 Riesen merkt die doch nicht.
D... Die wird denken, ich hätt's geklaut!
Leg einfach heimlich doppelt so viel wieder rein, dann kriegst du keinen Ärger.

Die Tipps von dem Typen waren der komplette Reinfall!!
Das kommt davon, wenn man anderen die Arbeit überlässt.
Fuaa-ahn!
Niemand hat gesagt, du sollst den kompletten Betrag setzen.
Sie sind gut! Wie soll ich die Kohle sonst wieder reinholen?
Durch harte Arbeit.
Oder du spielst ein bisschen den Telefon-Enkel. Ich brauch da grad wen für.
Äh, nee, so einer bin ich nicht ...
Schon gut, war nur 'n Angebot.
Ich treff mich jetzt mit 'nem Adressbroker. Kommst du mit?

Kriegst auch was Leckeres zu essen.
Der ist 'n guter Kerl. Der zwingt einen zu nix.
Danke!
Gute Qualität, wie immer. Hier, Ihr Honorar.
Immer wieder eine Freude.
BRUTZEL
Ach übrigens, dieser Typ, der gehört doch zu Ihnen, oder?
Dieser Yashiro.
Ja ... Kennen Sie ihn?
Kann man so sagen.
Der ist in Ihrem Alter, oder, Sakamaki? Schlauer Bursche.
Und, ich weiß auch nicht, er hat so 'ne Ausstrahlung ...

...!
Ah, ich versteh schon.
Der hat sich die Lippen geleckt, weil er Sie so appetitlich fand, richtig?
Hä?!
Ääh ... Ach, ist der etwa vom anderen Ufer?
Das ist doch bekannt. Passen Sie besser auf.
Ach du ...
Yakuza und Homo geht ja wohl null zusammen ...
Macht's dir Spaß, die Geschäfte anderer Leute zu stören?

Werd doch nicht gleich sauer, bloß weil ich mit dem Broker gefickt hab.
Oder bist du ein Homo, kleiner Sakamaki? Wolltest du was von ihm?
Nach ein bisschen Lutschen war der sofort geil, also vielleicht kriegt er auch bei dir einen hoch.
Deine Witze kannst du dir sparen! Komm mir noch einmal in die Quere, und du kannst was erleben, Schwuchtel!
SCHRECK
Uuugh!
Scheiße! Ich bin hin und weg von dem Homo!!
Nur keine Sorge. Ich hab nicht dieselben Kunden wie dein „Call-center".
Moment, der Broker hat's dem Kerl besorgt und fragt ernsthaft, ob er vom anderen Ufer ist?!
DRR-ING

Ja, hier Sakamaki.
Ja, ich steh drauBen.
Bar
STARR
DODOMM
?!
DODOMM
Steht auf Kerle
Was ...?
Homo
Vom anderen Ufer
Schwul
DODOMM
N... Nee, oder?!
DODOMM
Ha...
DODOMM
DODOMM
Hat der sich in mich vergu...
Du kannst andere Menschen nicht einschätzen, stimmt's?

Äh ... Häääää?!
Du denkst eigentlich an überhaupt nichts.
Wa... Wa...
Du hast nur ein Pudding-gehirn.
Wa... Was wissen Sie denn schon von mir?!
Nee, so einen nehm ich nicht. Einen, der andere nicht richtig einschätzen kann. Keine Chance.
Null, nada, niente.
He... Herr Sakamaki ist ein guter Kerl! Anders als Sie hat er nämlich Mitgefühl!
Ha, ha!
Mitgefühl! Das Wort hab ich ja ewig nicht gehört!
Wirst schon sehen, der lässt dich bald fallen.
Wie bitte?!
Nanahara!

Ich hätte da 'nen Job für dich. Wenn du kurz mitkommst?
Äh. Okay ...
Sag Bescheid, wenn unten auf der Nummer 5 ein schwarzer Century parkt.
In Ordnung!!
Wie sieht so ein Century gleich wieder aus?

Die Braut war echt scharf ...
Hat sicher 'nen Ehemann. Oder zumindest 'nen Sugardaddy.
SCHRECK
Shit!
Wär fast eingepennt!
SWUSCH
Tut mir leid, dass es länger gedauert hat.
Was machst du da?
Äh, tja ... Schatten...
...boxen ...
Du bist ein Boxer?
Richtig! Also, Ex...
Ach, darum hast du 'nen Sixpack.

Uugh, ist das kalt ...
Jede Woche ... Der ist echt unersättlich.
KLACK
Nanahara!
Entschuldige. Wir gehen gleich.
Hier, wärm dich damit auf.
Danke!
Mh ...

Hey, du da!!
Hö ...?
Auf-wachen!!
Wo ist Sakamaki?! Du bist sein Komplize, hab ich recht?!
Hä? Wie ...?
Der Safe ist leer!!
Seine Wert-sachen!
Bargeld, Uhren, Juwelen, alles weg!
Hey! Hörst du?! Du musst doch irgendwas wissen!!
Kei...
Kein Schim-mer ...

Ich weiß null ...
...!
Hey ...
Und was ist das?
Hä?
Die Uhr an deinem Arm!
?!
Wo kommt die her?!
Das ist nicht meine! Ich schwöre!
Natürlich nicht! Die gehört ihm! Gib sie wieder her!
Glauben Sie etwa, ich hätte die geklaut, oder was?!
Wusste doch, dass du sein Komplize bist!
Quatsch! Ich hab nur hier draußen Schmiere gestanden!
Schmiere?! Weswegen?!
Na, weil ...
Was ist hier für ein Lärm?

Du kannst ...
TAPP
... andere Menschen nicht einschätzen.
Sag Bescheid, wenn unten ...
... ein schwarzer Century parkt.
Wer bist du, hä?

PFFT
Erzähl Hirata nichts von Sakamaki und mir.
Der bringt mich sonst um.
Hä?!
Drecks-schlampe ...
Und mich darf er ruhig umbringen, oder was?

TAPP
TAPP
TAPP
Lachen Sie ruhig ...
Pff ... Ha, ha, ha!!
Hören Sie auf zu lachen!!
Was denn nun?
Scheiße ...
Sie wussten Bescheid, oder?
Nein? Also, ich wusste schon, dass er Hiratas Mädchen fickt ...
... aber nicht, dass er auch auf seine übrigen Wertsachen scharf ist.

Warum erzählst du Hirata nicht von der Affäre?
Sakamaki ist längst über alle Berge, und dass er's war, fliegt eh bald auf.
Und wenn schon. Es würde mir ja doch keiner helfen.
Außerdem ...
... gehört es sich nicht, einer Frau einen Wunsch abschlagen.

Dieses eine Mal hab ich ein offenes Ohr für dich.
Jetzt sag mir mal, was du wirklich denkst.
Ich ...

Hä ...?
Oh ... Nanu?
Ich mach dich los.
Hö?
Ist irgend-was pas-siert?
Gab 'nen Tipp. Sakamaki wurde in Fukuoka entdeckt.
Hatte die Wert-sachen bei sich.
Hat sich mit Schwes... mit Herrn Hiratas Mädchen dort getroffen.
!!
Aaaargh! Diese ver-dammte Drecks-schlampe!!
Sie war die Komplizin!
Hat zugegeben, dass du nix weißt und dass er dich angeschmiert und vor der Wohnung postiert hat.
Hattest Glück, dass er zum Schluss doch noch Mitleid mit dir hatte.
Warst echt 'n zäher Bursche.

RATTER
Ich dachte schon, ich müsste da drin verrotten ...
BADOMPF
Ich lebe noch ...!
PRASSEL

Der Tipp ...
... kam doch von Ihnen, oder?
Und wenn? Bläst du mir zum Dank einen?
Wer würde das denn machen?! W...
Och, schade.
Warum?
Haben Sie mir nicht zugehört?

Ich bin so frustriert!
Ich will noch nicht sterben!
Ich will, dass mir jemand hilft!
Ich will nicht noch mehr Schmerzen haben!
Aber ...
... ich bitte Sie trotzdem nicht um Hilfe.

Hmmm ...
Na ja, aber was du da gesagt hast, hast du doch so gemeint, oder nicht?
Ehrlich gesagt war ich bis zu dem Moment noch unschlüssig, was ich machen soll. Ich hätte ihn nicht unbedingt verpfiffen.
Aber nach dem Satz wollte ich nicht mehr, dass dir irgendwer anders hilft.
Wie ...?
Was ist denn das für ein Quer-treiber ...?
Ich ...
Also ... Ich hab leider keine Kohle, um Sie dafür zu bezahlen.
Aber ich könnte körperliche Dienstleistun-gen ... Also, ich weiß, Sie sind 'n Mann, aber Sie sehen gut aus, da komm ich vielleicht ...
DRUCKS
DRUCKS
Was nuschelst du da in deinen nicht vorhandenen Bart?

H...
Holen Sie mich an Ihre Seite ...
Bitte!
DUCK
DOFF
ZZZRSCH
Aaah ...!

Wenn du's kommen siehst, dann weich doch aus. Bist viel zu anständig.
Aua ...
DOFF
...
DOFF
...
DOFF
...
DOFF
Ugh ...!
KICK
...!
Haah! Haah!
Du kannst ...
... andere Menschen wirklich nicht einschätzen.
Ich ...
Bei 'nem Trottel wie mir bringt Nachdenken sowieso nichts.
... denk eben einfach nicht nach.
Auch wenn's dir dann dreckig geht?
Genau.

Bitte.
Ich flehe Sie an.
TSCHIRP
Na ja ... Ich nehm wohl besser jemand so blödes wie dich.

Hä? Heißt das ...?
Ups, sorry.
KATONK
Hä ...?
Was ist das? Ein Schlüssel?
Kannst du Autofahren?
...!! Äh, jawohl!
Gut?
Den Schein hab ich erst seit Kurzem, aber ich fahr, als hätt ich ihn schon fünf Jahre!
Ah, na dann ist es okay.
Ein BMW ...?!
Was ist denn mit dem Wagen passiert?!
Ich bin mit ihm gefahren, und dann sah er plötzlich so aus.
Wie muss man denn fahren, um solche Beulen ...?
Klappe. Ganz normal eben. Richtig vorsichtig, würd ich sogar sagen.
Ich mach gern Spritztouren.

Sie sehen irgendwie so gar nicht danach aus ...
Besser, Sie fahren ab sofort nicht mehr selbst.
Wonach seh ich denn dann aus?
VRRRRRM
...
Stimmt ja ...

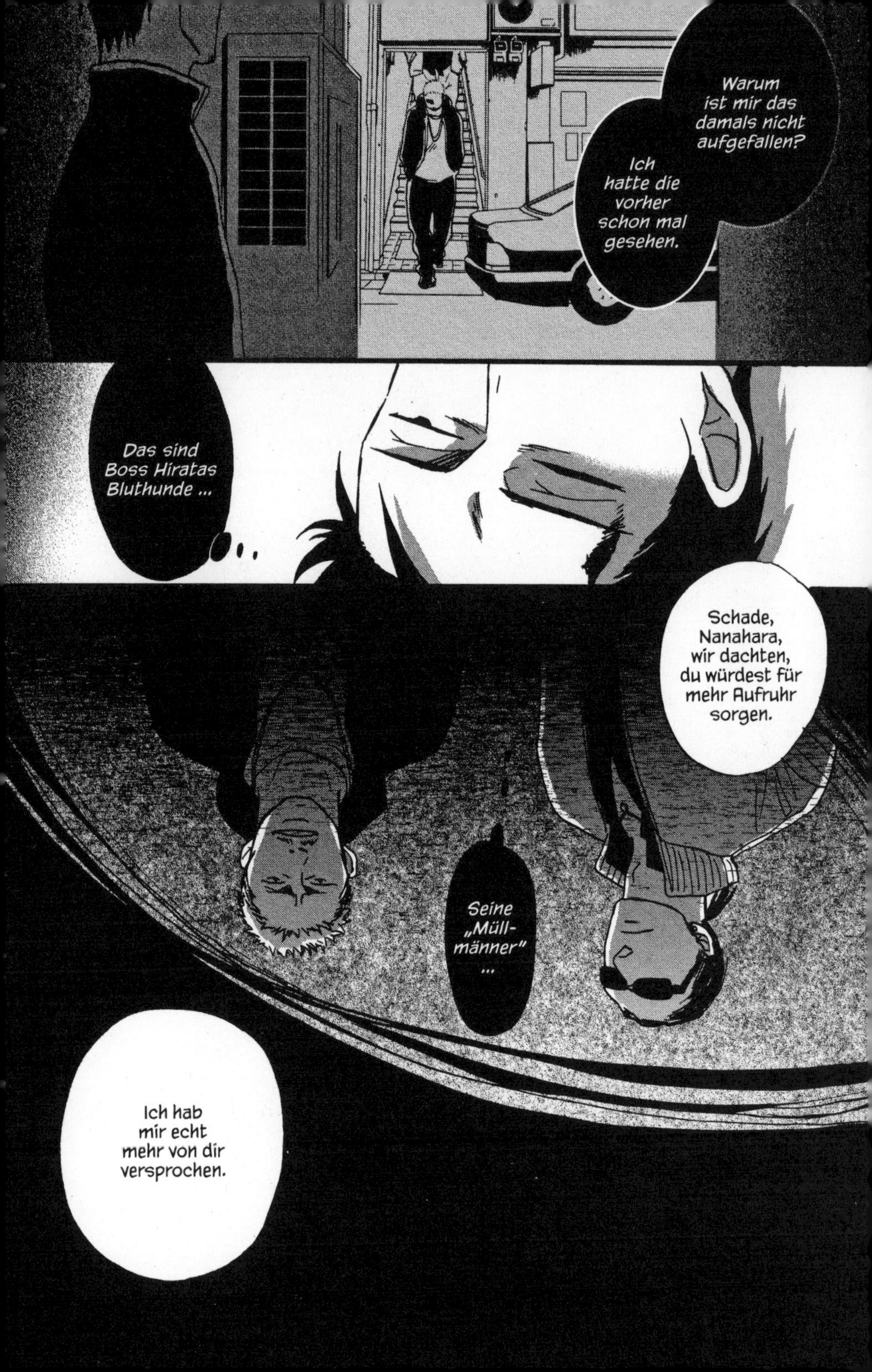
Warum ist mir das damals nicht aufgefallen?
Ich hatte die vorher schon mal gesehen.
Das sind Boss Hiratas Bluthunde ...
Schade, Nanahara, wir dachten, du würdest für mehr Aufruhr sorgen.
Seine „Müllmänner" ...
Ich hab mir echt mehr von dir versprochen.

Das ist eindeutig Bruders Handy.
Er hat's vor nicht mal zehn Minuten fallen lassen.
Fuck!
Wer ist dafür verant-wortlich?!
Gratis
Crystal
Saunaclub
Ryuzakis Unterschlupf ist ja nur einen Steinwurf entfernt.

Doumeki.
Such die Gegend ab. Hier muss irgendwo ein Bulle Ryuzaki beschatten.
Ja-wohl!
Der muss was gesehen haben. Quetsch ihn aus.
Du erkennst den ja gleich.
Äh ... Moment.
Nicht ausquetschen. Nur ausfragen.
?
Die halten sich aus unserem gruppen-internen Streit lieber raus.
Ich weiß, du bist eine Haubitze, aber beherrsch dich ein bisschen.
Jawohl. Entschul-digung.
Schon gut. Jetzt geh.

Saunaclub
Crystal
Saunaclub
PSSCH
Gehen wir, Sugimoto.
Jawohl!

# Twittering Birds Never Fly

## Kapitel 19

Twittering Birds Never Fly

G... Guten Abe...
WACK
Wo ist ...
... Ryuzaki?
O... Oben ...!
Ngaaah!
Agh!
Chef. Die Drecksarbeit übernehm ich für Sie.
Sie sind doch noch verletzt.
Mit wem redest du, Sugimoto?
...!
Ve... Verzei-hung!

ROMMS
Tach auch!
Haben uns ja lange nicht gesehen.

Was hast du denn? Du guckst ja so.
Fuck!
!!
WAMM
Man zieht keine Knarre, wenn man nicht vorhat, abzudrücken.
Wie war das, du Pisser?!
BADOMM

Zieh mal den Schwanz ein, du geprügelter Hund.
!!
Sag das noch mal, Saftsack!
Ich sag alles so oft du willst.
Du unter-belichteter geprügelter Hund hast dich an der Nase rumführen lassen und wurdest dann abserviert.

Yashirooooo!!
WACK
Huch.
Geh mir aus dem Weg, du Zwerg!
Was erlauben Sie sich?
Sie scheiß ...
He, Sugimoto. Stopp, lass das.
Lassen Sie mich los, Chef ...
Was denn, habt ihr plötzlich Schiss, hä?!
Ach ... Ich war so angepisst, dass ich dich, ohne es zu wollen, aufgehetzt hab. Aber dafür ist keine Zeit.
Oh, stimmt ja.
Mir egal! Zur Seite, du Amateur!!

Und ich sag noch, Kleintransporter sind scheiße.
...
Der Sitz ist so hart.
Mein Arsch tut schon weh.
!
Ja. Herr Hirata? Ich bin's.
Nanahara hat sich mit Ryuzaki getroffen, aber war so dreist, unverrichteter Dinge wieder abzuziehen.
Ja ...
Ryuzaki hat ihm wohl alles erzählt. Der war drauf und dran, zu Ihnen zu fahren und Sie anzugreifen, darum haben wir ihn eingesackt.

Wie geht's weiter?
Eigentlich find ich ja, wir könnten ihn abknallen.
Aber dann hab ich mir gedacht, dass er noch nützlich sein könnte ... Ja ...
Ja, okay, verstanden.
Gut, wir hören voneinander.
Mann! Der ist schlimmer als jeder Sklaventreiber.
Na ja, nichts zu machen. Kümmern wir uns um unseren Job.
Chinesische Maronen

Für ein Geschenk an die Goda-Gruppe vom Sanwa-Syndikat ist der ein bisschen zu billig.
Der Kerl macht mir Angst.
Hetzt ein-fach seine eigenen Leute auf-einander ...
... weil er sich mit dem Boss der Goda-Gruppe verbrüdern will, um dann zum richtigen Zeitpunkt seine eigene Gruppe zu gründen.
Goda ... Was wird dann aus uns? Gehören wir dann zum Sanwa-Syndikat?
Wir beide sind seine Privatarmee, das betrifft uns nicht. Hab ich doch schon erklärt.
Wir sind sozusagen Geister.

Die Goda-Gruppe steigt bald zur affinen Gruppe des Sanwa-Syndikats auf, oder?
Das Geld, das er Ryuzaki hat beschaffen lassen, leitet er an die Goda weiter ...
... deren Boss steckt's wiederum in die Stammlinie, und schwupps ist er affiner Boss! Schluss mit Zweiglinie!!
Der Boss der Goda-Gruppe wird also offiziell Assistent in der Stammlinie des Sanwa-Syndikats.
Na ja, in der Hierarchie ist das das unterste vom unteren, aber affiner Boss ist affiner Boss.
Selbst wenn Hirata das Doshin-Syndikat verlässt und verbannt wird ...
... mit dem Bruder eines Bosses, der direkt dem Sanwa-Syndikat untersteht, fängt man keinen Krieg an.
Hat Misumi das nicht längst mitgekriegt?
Hmmm ...
Um die Sache friedlich zu regeln, muss er im Moment so tun, als würde er Hirata glauben.
Selbst wenn er von den Drogen weiß, rechtliche Schritte kann er nicht unternehmen, das wäre in der aktuellen Situation zu heikel.
Schon doof, wenn man's auf den Thron abgesehen hat.

Und wenn alles vorbei ist, sind Boss und Unterboss der Shinsei-Gruppe ...
... inklusive ihrer Zweiglinie, der Matsubara-Gruppe, Geschichte.
Für Misumi wird das 'ne herbe Niederlage. Das haut ihn aus dem Rennen um den Posten des Dons.
Hi, hi, hi!
Ist er so verhasst?
Ja, natürlich.
Immerhin hat er diesen Perversling als Unterboss in der Stammlinie eingesetzt.
Das ist, als würde ein Vater seinen Erstgeborenen übergehen und die rumhurende Enkelin zu seiner Nachfolgerin machen.

crystal
CRYSTA
Hää?! Nanahara?!
Genau. Ihr habt euch doch vorhin unterhalten.
Kurz darauf hat er sein Handy fallen lassen und ist verschwunden.
Unten vorm Haus.
Weißt du irgendwas darüber?
Haah ...
...
Ich fass es nicht ... Hat mich am Wickel, aber fragt nach Nanahara ...
Ist nur 'ne Vermutung ...
Vielleicht waren's Hiratas Bluthunde.
Du meinst die „Müllmänner"?
Keine Ahnung, wie er sie nennt.
Die Kerle halt, die für eure Gruppe die Drecksarbeit erledigen.

Die zwei mit den Tribal-Tattoos ...
Ich hab sie mehrfach gesehen.
Wirken wie Spione.
Das klingt zwar alles ganz toll ...
... aber die sind keine ordentlichen Gruppenmitglieder, darum können sie machen, was sie wollen.
Hmm ... „Bluthunde“ heißt, sie tun für Geld alles?
Tja ... So genau weiß ich das auch nicht ...
Hmmm ... Na, das finden wir schon noch raus.
Die waren es auch, die den Attentäter umgelegt haben, den ich dir geschickt hatte.
Oha. Du gibst es so offen zu?
Du weißt doch sowieso längst alles.
Na ja, wirklich alles noch nicht.
...!
Aber ...

... ich hatte dich eigentlich für ein ziemliches Weichei gehalten, darum kam es dann doch unerwartet.
Auch wenn du mit dem Rücken zur Wand standest.
Ich seh dich jetzt mit neuen Augen, Ryuzaki. Du kannst ja doch, wenn du willst.
Auch wenn's ein Debakel war.
Spiel dich hier nicht so auf.
Triff kein lebens-wich-tiges Organ.
Wi... Wissen Sie, was Sie da verlangen?!
Nichts, was unmöglich ist. Du kannst das, also mach's.
I... Ich soll ihn also nicht töten, sondern nur verletzen?

Richtig. Wenn du ihn doch umbringst, knall ich hinterher dich ab.
DRRRR
Du hast sie nicht mehr alle ... Shit ...
Ja. Wie sieht's aus, Doumeki? Hast du ihn?
Ja, ich habe ihn gefunden. Offenbar wird Herr Nanahara bereits von einem Polizisten verfolgt.
Hö? Was soll das heißen?
Er hat vorhin beobachtet, wie zwei Männer einen telefonierenden dritten Mann auf der Straße bewusstlos geschlagen und dann in eine Seitengasse geschleppt haben.
Als er ihnen nachgegangen ist, hat er einen Kleintransporter wegfahren sehen.
Er hat sich das Nummernschild notiert. Das war bereits Teil einer Observierung und wurde von einem anderen Polizisten verfolgt.

Wie soll ich weiter verfahren?
Sag ihm, es handelt sich um 'ne Familienangelegenheit und lass dir das Nummernschild und den aktuellen Standort geben.
Ich komme sofort zu dir.
Chef …!
Du bleibst hier und bewachst Ryuzaki.
Was?! Nein, ich werd auch …
Nichts da.
Ryuzaki.
Ja?
Wollen mal sehen …
… wer von uns beiden länger am Leben bleibt.

♪
♪
♪
♪
♪
♪
Sollen wir ihn nicht töten?
Wir sollen ihn erst mal am Leben lassen. Es soll nur so aussehen, als hätten wir ihn kaltgemacht.
Wir sollen ihn als Geisel nehmen, falls Yashiro ein Komplott plant.

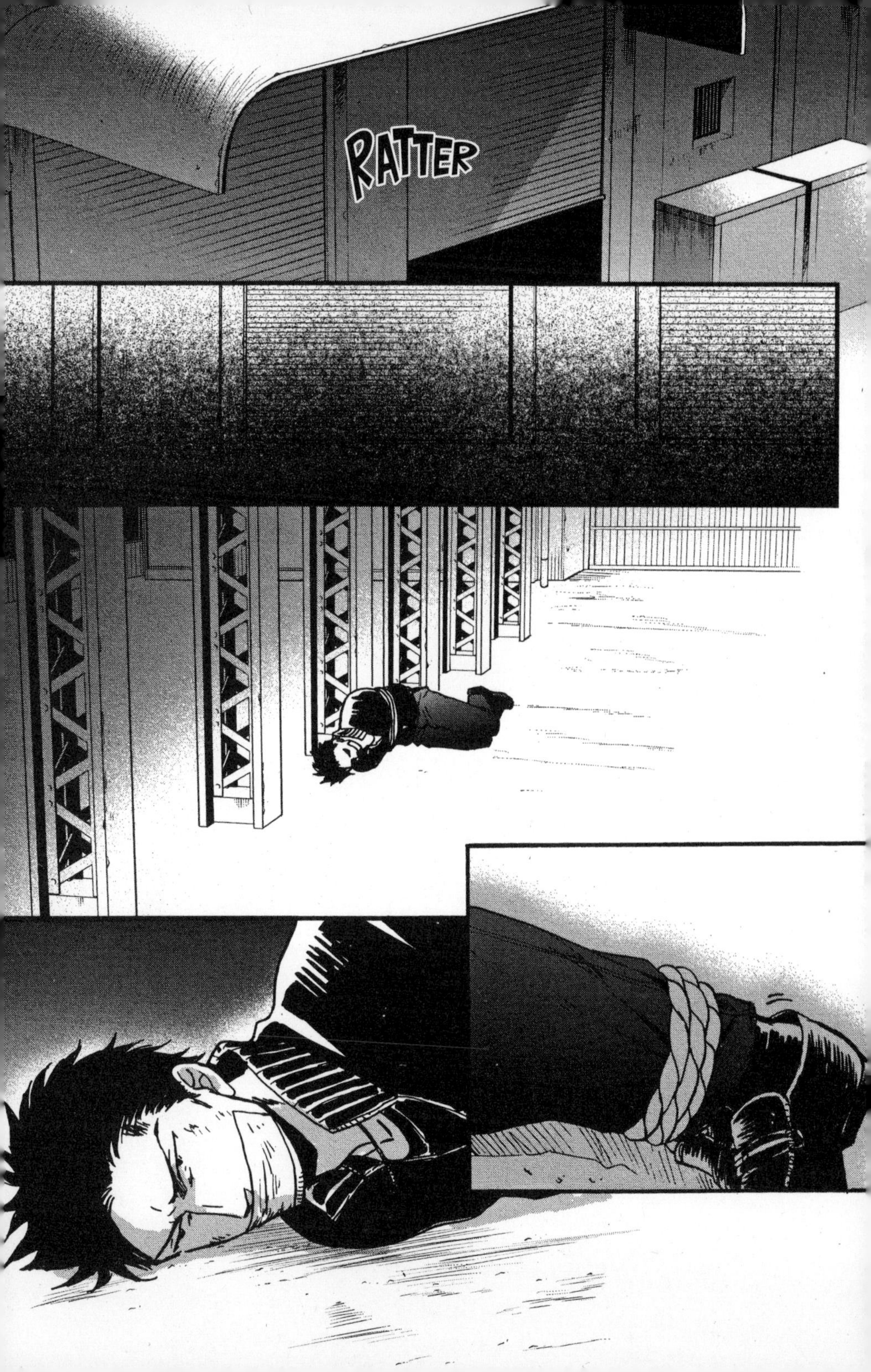
RATTER

♪
♪
Hm?
♪
Oh!
Häää?!

QUIIIIEEEE
Uwaah ... Wird das 'ne Verfolgungsjagd??
Tut mir leid!
Legen Sie bitte Ihren Gurt an!
Ja, ja, hinterher jetzt!
Ja-wohl!
Das darf doch wohl nicht wahr sein!
Nicht euer Ernst! Wie haben die uns gefunden?! Und jetzt verfolgen sie uns auch noch!
Was jetzt?
Blöde Frage!

Schüttel sie ab!

# Twittering Birds Never Fly

## Kapitel 20

Twittering Birds Never Fly

Was für ein Typ ist dieser Yashiro?
...
KRATZ KRATZ
Äh, ich frag bloß aus Neugier.
Wie man so hört, ist er für einen Yakuza doch ziemlich armselig.
Und trotzdem schätzen Sie seine Fähigkeiten in gewisser Weise.
Sie sind Yakuza mit Leib und Seele, aber weil jemand da oben es wollte, müssen Sie ihn seit Jahren als Vize dulden.
Ist doch klar, dass ich da neugierig werde.
...

KADOMPF
Aaah ... Ihre Wut ist vollkommen berechtigt!
!!
Wie viele Jahre bist du jetzt schon mein Soldat? Lern endlich mal, wie man sich benimmt.
Verstanden.
Alles okay?
Fresse! Dich Depp hat keiner gefragt!
PSCH
Normalerweise bin ich ruhig und vernünftig.

Aber wenn mein Schalter umgelegt wird, bin ich genau wie ihr. Merk dir das.

Wie weiter? Wir können sie verfolgen, aber dann schütteln sie uns ab.
An der Querstraße da vorn müssen sie links.
Ins Meer … … könnten wir sie drängen, aber bei der Dunkelheit bringt das Nanahara in Gefahr.
Hm …
Umstürzen … wäre aber auch viel zu gefährlich.
Argh, ist das kompliziert …
Ey, Mann, drück mal aufs Pedal!
Der Tacho dreht ja gar nicht durch!
Geht nicht. Wenn ich noch schneller fahre, komm ich da vorn nicht um die Kurve.
Und ich sag noch, Kleintransporter sind scheiße!!

Bieg da nach links ab.
Wir müssen sie vor der Querstraße erwischen.
!
Jawohl!
Kommt, schluckt den Köder ...!
キキィ
QUIIIEEE
Die sind abgebogen!!
Das könnte euch so passen!! Rückwärtsgang, los!
Hä?
ギギィ
QUIIIEEEE
KATSCHOCK
KATSCHOCK
Die wollen uns entgegenfahren, um uns den Weg abzuschneiden!
Fahr wieder zurück und häng dich an sie dran!!
コオオ
VROOOOOOO

Bieg bei der nächsten ab und mach die Scheinwerfer aus!
キキィ
QUIEEEEE
VROOO
OOOOO
Wo sind die hin, verdammt?!
Keine Ahnung.
Soll ich da vorn rechts oder links?
Ich hab da ein ganz mieses Gefühl ...
Nach links!
Wir kehren wieder um!

キ
!!
キ QUIIIIIIEEE キ

KRADOSC
KATSCHAKLONG
Ein Glück sind sie nicht umgekippt.
Sonst hätten wir versehentlich Nanahara mit umgebracht.

Chef, Herr Nanahara ist nicht hier drin.
Hääää?!
Verarsch mich nicht! Such gründlich!
BENOMMEN
Uuh ...
Ey!
Wo ist Herr Nanahara?!
Weiß ich ...

ZZASCH
... nicht!!
!!
Was ist passiert, Doumeki?
Er ist entkommen!
Vollidiot.
Ich verfolge ihn! Bleiben Sie im Auto und ...
Ja, ja. Schnapp ihn dir! Aber ich brauch ihn lebend!
Der ist wohl ohnmächtig.
Und Nanahara ist wirklich nicht hier drin?
Jawohl!
Hepp.

QUIIIE
Oho!
Was haben wir denn da für nette Spielzeuge.
KADONK

Ernsthaft?!
Was ist das denn ...
... für einer?!
Gegen den hab ich mit meinen Beinen keine Chance!
Naa-argh!
KADOMPF
WACK
Ver-dammter ...!
DJUPP

PACK
Gaargh!!
KATSCHING
Wo ist Herr Nanahara?
WÜRG
...!
Scheiß ...
PRESS
... Stummelfinger!!
WOMPP
Ngh ...!
Das hast ...
... du davon!!
...!!
GORGH
GORGH

Ngaa-argh!!
Ich brech ihn.
Was fällt dir ein?! Lass mich sofort los!!

KRACK
Auaaa ...!!
Scheiße!!
...!
Sag endlich, wo er ist!
...!!
Ich führ dich hin. Bring mich zum Wagen.
Okay ...

♪
♪
♪
♪...
Was schleppst du denn da für eine Moorleiche an?
...

Ist der Arm gebrochen?
Ja. Das war ich.
...
Wenn du wem was brichst, nimm das Bein, damit er nicht mehr weglaufen kann.
In Zukunft passe ich auf.
!!
E... Ey, ist er ... ... tot ...?
Ach, der war bewusstlos, da hab ich ihn mit dem Holzschwert verdroschen. Der lebt noch.

Wär ja blöd, wenn er sich berappelt, wo ich doch nur einen Arm hab.
...
Zwischendurch war er mal wach, da hab ich ihn befragt.
Und er meint, ihr hättet Nanahara umgelegt.
Ist das wahr?
Dieser Vollidiot! Er hätte einknicken sollen, was macht er ihn stattdessen auch noch rasend?!
Nein ... Er lebt noch ...

WOMPF
Warum erzählt der da mir dann das Gegenteil?
Görgh ...!
Uugh ...!
WOMPF
Wer ist denn so dumm und verbaut sich absichtlich sein eigenes Hintertürchen?
WOMPF
Na, was ist? Sag schon.
Gargh!
He, Müllmann.
BOHR
BOHR
... nicht genug Grips ...
Uugh ...!
Was?
Der hat nicht genug Grips ...
Der ist so strunzdoof, mehr als meine Befehle befolgen kann der nicht.
Und ich hab eben gesagt, wir tun so, als hätten wir Nanahara umgelegt und benutzen ihn dann anderweitig.
Nanahara lebt noch ... Ich bring Sie hin ...

...
Ver-
stehe, er
ist genauso
einer wie
Doumeki.
Na, wenn
das so
ist ...
?!
Und,
wo steckt
Nanahara
jetzt?
Verrate
mir den Ort,
bevor du uns
hinbringst.
Lager-
haus 3.
Das da
ganz hinten
mit dem
roten
Dach.
Okay.
Steig
in den
Wagen.
Fessel
ihn.
Ja-
wohl.
Auaaa
...

BLAMM
KLUNG
Runter, Chef!!
Du Versager!!
Kümmer dich um dich selbst!
Scheiße, meine Knarre ist im Auto.
ZITTER
...
SWPP

So wird das nix ...
Chef!! Er rennt zu Ihnen!!
BLAMM

KLICK
KLICK
Fuck!
Keine Kugeln mehr!
KADOMPF
!!
Nanahara ...?
Chef?! Geht es Ihnen gut?!
WOMPF
WOMPF
Uuh ...
Ey, Nanahara ...
Alles okay. Nanaharas Schulter wurde getroffen.

Puuh ... Sehr gut ...
Jetzt konnte ich Sie mal ein bisschen beeindrucken ...
Ha, ha!
Da hast du recht!
Und ich dachte, du wärst schon tot. Hab mir ganz umsonst Sorgen gemacht.
Uuuh ... Erklären Sie mich doch nicht so schnell für tot ...
In meinem Schuh war ein kleines Messer.
Allein gegen zwei schien mir unklug ...
Ich bin aus dem Lagerhaus raus, da hab ich in der Ferne einen lauten Rummser gehört.
... also hab ich gewartet, bis sie weg sind.
Als ich hier ankam, war die Kacke schon am Dampfen.
Ich hab mich einfach instinktiv ...
Du denkst wirklich nie nach.
Chef, ich sterbe vielleicht. Ich hab noch einen letzten Wunsch.
Du stirbst garantiert nicht, aber sag ihn mir trotzdem.

Blasen Sie mir einen zum Dank.
Doumeki! Das reicht jetzt! Bringen wir den Volltrottel hier in die Klinik!
Jawohl ...!
Und was machen wir mit den beiden?
Sehr gute Frage ...
Was hat euch zwei dazu gebracht, Hiratas Privatarmee zu werden?

Hä?!
Ist doch völlig egal, was!
Ihr seid weder Yakuza noch seid ihr ihm zu irgendwas verpflichtet.
Nee, sind wir nicht.
Dann machen wir's doch so.
Dafür, dass ich euch nicht töte ...
... seid ihr jetzt meine Bluthunde.
Was mögt ihr denn so?
Meine ...!
Geld?
Weiber?
Maronen?
Okay.
Was hasst ihr?

Langeweile.
Sehr gut.

Sollen wir jetzt wirklich für den arbeiten?
Auaaa ...
Hast du 'ne bessere Idee? Wenn wir's nicht tun, bringt er uns um.
Der lässt garantiert nicht locker.
Und was ist mit Herrn Hirata?
Na ja, den halten wir erstmal hin.
Ich ... kann den Kerl nicht ab ...
So gar nicht.

Der war richtig aufgegeilt.
Schien Spaß zu haben.
Bist du blöd?
Äh, klar bist du.
Das ist bei uns doch nicht viel anders.
Na, egal! Hopp, ich muss zum Arzt!

Verstehe ...
Darum geht es Hirata also.
...
Kein Grund, deswegen den Kopf hängen zu lassen.
So stehen die Dinge zwischen ihm und mir eben.
Ich bin Yakuza geworden, um Ihnen folgen zu können.
Trotzdem dachte ich immer, dass bei den Yakuza eine einzige Sake-Schale eine Familie begründet ...
... und dass man diese um jeden Preis verteidigen muss.
Aber wenn sie total egal ist und einfach aufgegeben werden kann, dann hab ich nichts mehr, woran ich glauben kann.
Na ja, letzten Endes ist es eben nur 'ne Schein-Familie.
„Eben nur"?!

Sie sagen das so, als wär das selbstverständlich ...!
Aber seit wann dürfen Eltern ihr Kind töten?
Hast recht. Sorry.
Aber, Nanahara ...
... es gibt Eltern, die hintergehen ihre Kinder und umgekehrt.
Das ist einfach so, ob man nun blutsverwandt ist oder nicht.
Ist alles nur eine Frage des Zufalls.

Niemand ist daran schuld.
Wobei, in diesem Fall könnte man Misumi schon als die Wurzel des Problems bezeichnen.
Ich ...!
Ich will ... weiter an diese Vorstellung glauben ...!
Sonst kann ich kein Yakuza sein ...!
Ich ...
... werde Sie niemals hintergehen, Chef ...!
...

Du bist so ein Trottel.
So kommst du im Leben ja nie voran.
...
Ha, ha!
Sorry!
Ha, ha!
Abend!
Guck wenigstens so, als würd's dir leidtun!
Schleppst mir dauernd Verletzte an!
Alles in Ordnung mit der Schnitt-wunde?
Mir geht es gut.
Das sollte besser genäht werden.
Es geht schon.

...ef.
Chef?
Alles in Ord-nung?

Che...

Haah!
Chef
...
Hah!
Hah!
Chef
...!

Haah!
KLACK
Haah!
Haah!
Haah!
Haah!
DRÜCK
Haah ...

KLICK
KLACK
Haah!
Haah!

Aah ...!!

SLURP
Ngh ...!
Hah!
SLURP
Hah!
...!
Haah!
Aaah!

Twittering Birds Never Fly
Kapitel 21
Twittering Birds Never Fly
Hah!
Hah!
SLURP
SLURP
Du ...
Du musst ihn nicht ablecken ...!

Wenn du dran lutschst, bin ich schneller fertig ...
Haah!
KAGEYAMA

Hö ...?
ROMMS

RUMMS
バタン
ギシ
KNARZ
ブロロ
VROOOO
...
...

Wir fahren woanders hin.
ゴオオ
VROOOO...

SLUTSCH
SLUTSCH
Hah ...!
Ngh ...!
Haah!
...!

KNARZ
Ah!
Ah!
Mh!
Kh!
SLUPP
SLUPP
Haah!
Aah!
...!
SLUPP
SLUPP
Mh!
SLUPP
Ah!
...!
...!

...!
Haah!
Ah!
Aah!
Aah!
SLUPP
SLUPP
...!
Mh!
SLUPP
Mh!
Haah!
SLUPP
...!
Mh!
...me...
Dou...
...ki
...!
BOMM
Du hast ... ganz schön Ausdauer ...

Ich bin keine Frau ...
Haah!
Haah!
... also sei nicht so sanft zu mir!
!!
Ich darf nicht ...!

Wenn ich noch weitergehe ...
Aah!
War...

KNARZ
... kann ich mich nicht mehr kontrol-lieren.
Hör ... auf ...!
Weißt ... du eigent-lich ...
Haah! Ah!
Haah!
... wo du da ...
... leckst ...?!
Haah!
...!
Haah!
SLIPP
Ich weiß genau ...
Hm!
ZUCK

...!
KNARZ
... was passiert, wenn mir jemand seine Zunge reinschiebt.
Haah!
...!
Aah!
Ich habe dieses Gefühl bis zum Geht-nichtmehr genossen.
SLUTSCH
SLUTSCH
Ich weiß, wie befriedigend es ist, gleich-zeitig noch einen Handjob zu kriegen.
Ich ...
Hah!
Aah!
Haah!
Aber ...
KNARZ
Aaaah ...!

... seine Zunge kenne ich nicht.

Haah!
Haah!
...!
Geh da weg ...
Haah ...
KNARZ
ROMMS

DRRING
DRRING
Dein Telefon klingelt.
Mmh …
DIEP
Hier Wal. Amou hat mir erlaubt, Sie direkt zu kontaktieren.
KNARZ
Was gibt's denn?
Nanaharas Entführer waren wirklich Hiratas Soldaten.
Aber mit denen sind die auch ohne unsere Hilfe fertig geworden.
Sind sie tot?
Nein, sie haben sie laufen lassen. Nanahara wurde angeschossen und ist beim Arzt.
Aha. Und Yashiro geht's gut?
Ja. Man kann fast nicht glauben, dass er verletzt ist.

Ach so, und dann ...
Ey!
... hat er sich bis eben noch mit seinem Untergebenen vergnügt.
Der Lexus hat ganz schön geschaukelt.
Ich wollt's nur der Vollständigkeit halber erwähnt haben.
...
Sag mal ...
Auf solche Details scheiß ich, du Vollpfosten!!
Nächstes Mal ruft mich Hai an.
Yo.
Der macht einem Angst ...
WOMM
Dieser Lümmel!
Hat er sich doch an ihn rangemacht!
Das lass ich mir nicht bieten!
WJOPP
WJOPP
Amou! Bist du da?!
Ja-wohl.

Und? Hast du was über den Stoff rausfinden können?
Ja. Offenbar ist die Goda-Gruppe involviert.
Goda? Die Zweiglinie des Sanwa-Syndikats?
Ja.
Der Bürovorsteher des Sanwa-Syndikats und unser Don sind gleiche Brüder.
...
Der Stoff, den Boss Ryuzaki verkauft hat, dürfte der gleiche sein, den Goda vor einigen Monaten aus dem Ausland importiert hat.
Die Bullen sind ihnen in die Quere gekommen und damit saß die Ware am Hafen fest.
Moment mal.
Mit Goda hatte doch Yashiro vor 'ner Weile Zoff wegen dieses Großbauauftrags.
Ja.
Jedenfalls pflegen der Boss der Goda-Gruppe und Boss Hirata seit vielen Jahren eine persönliche Beziehung.
Ursprünglich waren sich die beiden Gruppen spinnefeind, aber Boss Hirata hat das aus der Welt geschafft.

Goda war der Stoff zum Selberverkaufen zu heiß, also haben sie ihn mithilfe der Matsubara-Gruppe unter die Leute gebracht.
Der Großteil des Umsatzes ging wohl an Boss Hirata und Goda.
So weit haben es mir die Dealer bestätigt.
Verstehe ... So viel ist also sicher.
Dann wird's Hirata gewesen sein, der die Drogengeschichte als Vorwand genutzt hat, um Ryuzaki auf Yashiro zu hetzen.
Aber ich versteh den Grund nicht.
Hirata ist so ehrgeizig, warum zieht er die Sache also gerade jetzt ab?
Yashiro ist Hiratas Sohn und außerdem ...
... für mich ein sehr wichtiger Mensch.

Ich ...
... weiß zwar nicht, ob es da einen Zusammenhang gibt ...
... aber es geht das Gerücht um, dass der Boss der Goda-Gruppe demnächst affiner Assistent des Sanwa-Syndikats wird.
Oha. Dann wäre seine Gruppe Teil der Syndikats-Stammlinie.
Ein echter Karrieresprung.
Ja. Aber ...
... kein so großer wie der von Herrn Yashiro, als er Unterboss bei uns wurde.
Was willst du damit sagen?

„Es wird Tote geben."
Das hat Herr Yashiro damals gesagt.
Und Sie wissen doch sicher auch, dass Boss Hirata keine gute Meinung von Herrn Yashiro hat.
Amou.
Willst du mich vor irgendwas warnen?
Nein, keineswegs.
Ich bin nur der Ansicht, dass es jetzt, wo die Nachfolge in greifbarer Nähe ist, glatter Selbstmord wäre, Ihnen eine Falle zu stellen.
Willst du damit ausdrücken, dass das Sanwa-Syndikat seine Rückendeckung ist, wenn er das Lager wechselt?

Wenn er von Ihrer Absicht weiß, Herrn Yashiro ...
... zum Unterboss des Syndikats zu machen, oder ...
Aber selbst wenn ...
Reicht es ihm denn nicht, dass er mein Bruder wird, wenn ich Don bin?
...
Es geht ihm wie mir.
Er blickt zu Ihnen, zu seinem Vater auf. Da ist es doch selbstverständlich, dass er sich wünscht, dass Sie ihn zum obersten Ihrer Söhne machen.

Ach, hör schon auf!
Er ist einfach nur unersättlich.
Und du bist meine rechte Hand, nicht mein Sohn.
Aber es ist wahr, dass ich Sie schon immer als Mann bewundert habe.
Argh, auch das noch ...
Söhne ...
Oh ...
Da fällt mir ein, ich muss das Grab besuchen.
Ihr Todestag ist bald.
Vielen Dank. Mutter wird sich sicher freuen.
Sie wird eher traurig sein. Ist ja ihr Todestag.
Warum muss man um den Tag auch so einen großen Terz machen?

Wir beide sind genauso wenig blutsverwandt.
Und er kann sich nicht vorstellen, dass andere ihn so sehr brauchen.
Er zieht mich immer so runter.
Ab nächstem Jahr geh ich am Geburtstag.
Ich wäre gern sein Sohn geworden, und wenn auch nur im Yakuza-Sinne.
Jetzt geht das nicht mehr.
Sobald die Goda-Gruppe Teil der Stammlinie des Sanwa-Syndikats ist, wird es schwierig, uns Boss Hirata zu holen, wenn er die Seiten wechselt.

Ich kann leben lassen und umbringen, wen ich will, sie gehören alle zur Familie.
Das weiß ich auch.
Es ist einfach nur widerlich.

He, was hast du denn, Alter? Gibt's irgendein Problem?
Nein, nichts weiter.
Es kommen keine Updates mehr von den beiden ... Wurden sie ausgeschaltet? Von Nanahara?
Sorry.
Ich muss mich um was küm-mern.
Was, du gehst schon? Was guckst du denn so trüb-sinnig?
Es ist nichts ...
Läuft's etwa nicht gut?
Du musst uns seine Leiche auf dem Silbertablett servieren, sonst geben meine Leute nicht ihr Okay dazu ...
... dass wir beide wirklich Brüder werden.
Ich weiß. Dafür ist das viele Geld ja da.

Da... Das stimmt natürlich.
Ohne das wär nicht mal ich in die Stammlinie gekommen.
Ich bin dir echt dankbar.
Schon so großspurig, obwohl du das Geld noch nicht hast?
Äh ...
Also wie gesagt, erledige das schnell und dann erklimmen wir gemeinsam den Gipfel, ja?
Ja, das werden wir.
Wir beide gemeinsam?
Dass ich nicht lache, du Witzfigur.
Pah!
Will mich unter Druck setzen, was?
Wenn das Sanwa-Syndikat nicht locken würde, würde sich niemand mit dir zusammentun.

Habt ihr rausgefunden, wo Ryuzakis Mädchen ist?
Ja. Die zwei werden ...
Die erreiche ich nicht.
Entweder sind sie tot oder sie leben und haben die Seiten gewechselt.
Falls sie noch leben, schaltet sie aus.
Ja-wohl.
Ryuzakis Mädchen finden wir sofort.
Was sollen wir mit ihr machen?
Entführt sie.

Und dann sollen die Jungs mit ihr machen, was sie wollen.

# Twittering Birds Never Fly

## Kapitel 22

Twittering Birds Never Fly

Viel-
leicht
hat er
bemerkt
...

Seine Zunge war so warm an meiner Haut ...
... dass ich einem Irrtum aufgesessen bin.
... dass ich ihn be- gehre.
Allein der Gedanke, was wäre, wenn der Herr Doktor das sähe ...
... hat mich rasend gemacht.

Er soll mir allein gehören.
Ob ich jemals wieder jemanden so sehr begehren werde?
Der einzige Sinn meines Daseins ist es, sein Gefolgsmann zu sein.
Dabei erwartet er überhaupt nichts von mir.
Aber ich kann nur auf diesem Weg an seiner Seite sein.

Warum also kann ich mich trotzdem nicht beherr-schen?
Was steht der die ganze Zeit da draußen rum?
Schon seit über 'ner Stunde.
Gute Frage.
Wie ein Schulkind, das zur Strafe auf den Gang musste ...
Vielleicht war sein Handjob ja die totale Pleite.
Oh!
Er bewegt sich.

Ver-
zeihung,
Chef ...
ZZZ
ZZZ

Sugimoto hier?
B...
KLAPPER
Bruder?!
Dir geht's gut, ja?!
Ein Glück ... Wo bist du?
Ja ... Ja!
...
Nana-hara lebt noch?
Haah ...
Ja.
KATSCHACK
Hat 'ne Kugel abge-kriegt, aber er lebt.
Zähes Kerlchen ...
Hätte ruhig drauf-gehen dürfen ...

Ey! Wie viele Details kennen Sie?
Na, Sie wissen schon, darüber, was unser Boss vorhat.
Bruder hat's mir grad erzählt.
Junge, pass auf, wie du mit mir redest.
Häh?
Was glaubst du eigentlich, wer hier vor dir sitzt?
Pah!
Ich bin ein Boss. Also lass den Scheiß.
Euch muss doch klar gewesen sein, dass das nur Ärger gibt, wenn man so 'nen komischen Kerl in der Gruppe hat.
Da versuch ich extra noch, ihn zu retten, aber nein, der Idiot verpasst sich am Ende selbst 'ne Kugel.
Wie, Sie haben versucht, ihn zu retten?
Was soll das heißen? Ich dachte, Sie wollten ihn umbringen?

Fresse! Da ... hab ich mich falsch ausgedrückt!
Ja, aber ...
Noch ein Wort, und du bist tot!
...
Aber der Chef weiß das gar nicht, das sollten Sie ihm besser sagen.
BADOFF
Halt den Rand oder ich bring dich um!!
Mir doch scheiß-egal, ob die Schwuchtel lebt oder stirbt!
Wie nennen Sie den Chef?!
Ich hab dafür jetzt keinen Nerv.
Wenn sich die Dinge wieder beruhigt haben, muss ich ...
Die Dinge beruhigen sich?

Und wann soll das Ihrer Meinung nach sein ...
!!
... Herr Ryuzaki?
Diese Stimme!
WATSCH
Ihr gehört doch zu Hirata!
Jupp. Sie müssten mal kurz mitkommen.
Wie bitte?
Haah ...
Ist aufgeflogen, dass Sie unseren Unterboss abknallen wollten.
Ihr wisst aber schon, wessen Plan das ursprünglich war?
FUCK ...
Wessen Plan? Na, Ihrer. Sie waren zu gierig und haben die rote Linie überschritten.
...!

Hm? Du bist doch Sugimoto. Du gehörst zu Yashiro.
Was machst du hier?
...!
Nichts ... Ich ...
Raus mit der Sprache, wird's bald?!
WACK
!!
Los!
DOFF
Ugh ...!
Was ist denn?!
DOFF
Hää-äh?!
Ich hör dich nicht!!
Du bist sein Komplize, nicht?!
Ugh!
WAC
DOFF
Ihr Accessoire packt nicht mal dann aus, wenn man ihr das letzte Hemd vom Leib reißt.
Boss Ryuzaki.
Das Mädchen hat was.
Und dabei haben wir Sie schon längst. Das verdient doch Anerkennung, oder?

PLITT
...?
Eine Treppe ...?
Was ist das ...?
Ein Traum ...?

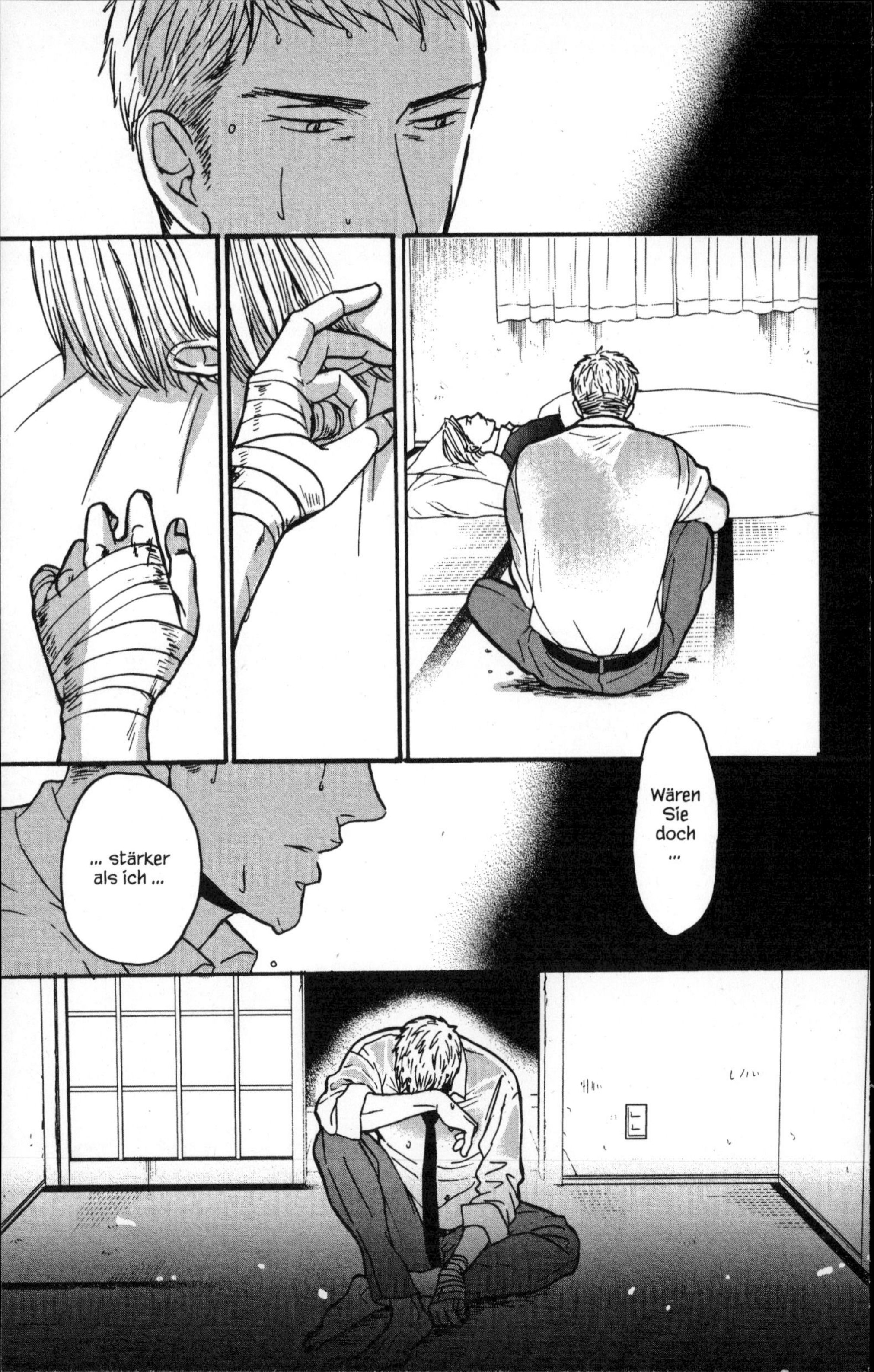
Wären Sie doch ...
... stärker als ich ...

DRRR
DRRR
DRRR
Chef ...
Hier Sugi-
moto ...
Mh ...
Ent-
schuldigung ...
aber Ryuzaki
wurde zu Boss
Hirata mit-
genommen.
Ryu-
zaki ...
Hirata ...
Worum
ging's
gleich?
Okay ...
Ich
fahr jetzt erst
mal zu Bruder
Nanahara.
Mh ...

Was ist das denn ...?
Bin ich in der Zeit zurückgesprungen?

Das am Telefon war Sugimoto ...
Nein, Quatsch ... Das ist ein anderes Zimmer.
Ryuzaki ist bei Hirata ...
STECH
Ah! Auaaa!
Der Schmerz ... ist zurück ...
Wo ist ...
WANK
... das Schmerzmittel ...
...!
Kopfweh hab ich auch noch ...
KNARZ

Schmerz-mittel ...
Ich hole es Ihnen sofort aus dem Auto.
Entschul-digung. Auf dem Weg vom Auto hat mich der Regen durchnässt.
Ist das hier deine Woh-nung?
Ich wusste keinen anderen sicheren Ort.
Entschul-digung, dass es hier so leer ist.
Wieso ... Macht doch nichts.

QUIEE
Bin gleich zurück.
ROMMS
Hör ... auf!
Weißt du eigentlich, wo du ...
... da leckst ...?
Steck ihn ...
... schon rein ...!
Dieser Körper hat mich runtergedrückt, mir seine Zunge in den Arsch geschoben und mir einen runtergeholt ...?
Dagegen komm ich nicht an ...
ROLL
Autsch ...

DRRING
…
Ich bin's.
Wie geht's deinem gebrochenen Arm denn inzwischen so?
Er tut scheiße weh! Den Kerl bring ich um!!
Ha, ha! War nur deine gerechte Strafe.
Und? Du bist rangegangen, das heißt also, ihr seid jetzt meine Bluthunde, ja?
…
Sag dreimal: „Herr Yashiro ist besser als Hirata."
Häääh?!
Hirata ist doch hinter euch her. Wenn du's nicht sagst, leg ich auf.
Fuck! Sie sind besser als Hirata. Sie sind besser als Hirata. Sie sind besser als Hirata.
Da, jetzt hab ich's gesagt, Sie Wichser!
Brav, guter Junge.
Sie gehen mir so auf die Eier!
Ich hätte da auch gleich schon einen Auftrag für euch.
PLATTER

Reisbrei mit Ei
Entschuldigung, dass ich nichts Warmes habe.
Macht nichts, hab eh kaum Hunger.
Oh!
TROPF
Ich mache das.
Mit dem Holzschwert hatte ich auch kein Problem.
Iss du auch was.
Nein, ich ...
Iss.

Schmeckt's?
Ich bin mir nicht sicher.
Hier drin ist wirklich gar nichts.
Früher bin ich nur zum Schlafen hergekommen.
Aber jetzt schlafe ich im Büro und komme fast gar nicht mehr her.
Ich überlege bereits auszuziehen.
Das lässt du schön bleiben.

Warum das?
SLRP
Weil es sein muss.
DOMM
DODOMM
Du bist seit drei Monaten bei uns.
Ich hab dich noch nicht zu meinem Sohn gemacht, darum bist du immer noch in der Probezeit.
DODOMM

Nanahara wollte dich zum Aufhören bringen.
Das heißt, du bist kein richtiges Gruppenmitglied.
Inzwischen werden abgetrennte Finger oft hinterher wieder angenäht.
Ist ja auch vernünftig. Der Schmerz ist die Strafe.
Nur weil einem ein Finger fehlt, ist man noch lange kein Yakuza.
Was glaubst du, wie viele brave Bürger mit prächtigen Ganzkörpertattoos inzwischen da draußen rumlaufen? Und wie viele Yakuza mit normalen Anzügen?
Chef ...
... ich ...
Lass mich auf deinen Schoß.

Hä ...?
Schoß.
Äh ... Jawohl.
FLOMPF
Hmpf.
Aaaah ...
Das hatte ich lange nicht ...
Was ist eigentlich aus dem Pullover mit dem Tiger geworden?
...
Er ist zu gut, darum habe ich ihn erst zweimal getragen.
Ganze zwei Mal schon.
Warst du damit irgendwo?
Einmal ... bei meiner Mutter und meiner Schwester.

Pff ... Hi, hi, hi ...
Chef?
W... Wie haben sie reagiert?
Gar ... nicht weiter ...
Dou-meki.
Ja?
Du bist süß.
Ich finde dich süß.
Offen gesagt bist du weit süßer als meine anderen Unterge-benen.
Aber obwohl ich dich so süß finde, machst du mir inzwischen eher Angst.

Ich dachte, es wäre, weil es für dich langsam nur noch mich gibt.
Aber das war falsch.
Ich hab mich wohl irgendwie in Sicherheit gewogen, weil du impotent bist.
Uff ...
Lass mich dir einen blasen, Doumeki.
Mit „Heute nicht“ kommst du diesmal nicht durch.

STARR
Chef ...!
...!
SLUPP
SLUPP

Seit wann ist das so?
Ich glaube ...
... die ersten Anzeichen gab es, als Sie ... es sich im Bademantel auf meinem Schoß gemacht haben ...
Oha! So lange ist das schon her. Das hätte ich nicht gedacht.
Und so richtig?

Als ich es Ihnen im Krankenhaus mit dem Mund gemacht habe.
Aah ...
Aha ...
Verstehe ...

Entschuldigung ...
Wieso entschuldigst du dich?
Bitte.
Ist doch gut, wenn's wieder geht.
Nur diesen einen Satz ...
Ich bitte Sie ...
Verstehe. Sorry, wenn ich dich dazu genötigt hab, es zu ertragen.
Oh, genau.
... sagen Sie ihn nicht.

Wenn wir schon so weit sind, wollen wir nicht ficken?

Fortsetzung folgt.

Twittering Birds
Never Fly

KOU YONEDA

manga
漫画
cult

## Glossar

### Die Yakuza

Die Yakuza ist äußerst hierarchisch organisiert. Diese Hierarchie ist von den Mitgliedern jederzeit zu respektieren und aufrecht zu erhalten. Loyalität und Gehorsam gelten als die obersten Werte. Yakuza begreifen sich traditionell als „edle Ritter“, die ihre gesellschaftlichen Pflichten auf humane Art und Weise erfüllen. Viele Yakuza tragen großflächige bunte Tätowierungen.

---

### Gruppe

Untereinheit eines Syndikats. Verfügen oft über Firmen, die als legale Fassade für die illegalen Geschäfte dienen. Jede Gruppe hat ihr eigenes Territorium, in dem sie zum Beispiel Schutzgelder kassiert.

---

### Don (会長)

Chef eines Yakuza-Syndikats. Alle Syndikatsmitglieder sind ihm Respekt und Gehorsam schuldig.

---

### Boss (組長)

Chef einer Yakuza-Gruppe. Alle Mitglieder der Gruppe sind ihm Respekt und Gehorsam schuldig.

---

### Unterboss (若頭)

Vize-Chef einer Yakuza-Gruppe. Ist allen über ihm Respekt und Gehorsam schuldig.

# G l o s s a r

## Vater, Sohn, Bruder, Onkel

Die Mitglieder der Yakuza sind nicht blutsverwandt, es handelt sich hier um Wahlverwandtschaften, die mit dem zeremoniellen Trinken von Sake besiegelt werden. Auch diese „Verwandtschaften“ sind hierarchisch geregelt. Je nachdem, wer mehr Sake trinkt, bestimmt sich, wer die höhere Position einnimmt, also „Vater“ oder „älterer Bruder“ ist.

---

## Schwester

Frauen sind bei der Yakuza nur als Ehefrauen und Geliebte geduldet und werden dann mit „Schwester“ angeredet.

---

## Ansehen

Die persönliche Ehre ist das Kapital eines jeden Yakuza, da sie dazu dient, Beziehungen aufzubauen und zu festigen. Sie muss unbedingt verteidigt werden.

---

## Fingeramputation

Kann sowohl als Strafe verhängt werden als auch zum Zeichen der Buße geschehen. Ein abgeschnittenes Fingerglied ist gleichzeitig ein Stigma, das das Ausscheiden aus der Welt der Yakuza praktisch unmöglich macht.

---

## Geschäft

Yakuza verdienen ihr Geld mit unterschiedlichen Aktivitäten. Als die wichtigsten gelten Schutzgeldinkasso, Kreditvergabe, Immobilien, Glücksspiel, Prostitution und Drogen.

manga 漫画 cult

manga
漫画
cult

# MANGA CULT Checkliste

**Das Land der Juwelen**
*von Haruko Ichikawa*
- Band 01 ISBN: 978-3-96433-104-5
- Band 02 ISBN: 978-3-96433-108-3
- Band 03 ISBN: 978-3-96433-112-0
- Band 04 ISBN: 978-3-96433-124-3
- Band 05 ISBN: 978-3-96433-162-5
- Band 06 ISBN: 978-3-96433-194-6
- Band 07 ISBN: 978-3-96433-223-3
- Band 08 ISBN: 978-3-96433-236-3
- Band 09 ISBN: 978-3-96433-245-5
- Band 10 ISBN: 978-3-96433-288-2
- Band 11 ISBN: 978-3-96433-438-1 Juni 2021

14x21 | SC mit Klappen | Fantasy | 12+
€ 10,– (D)

**DEMON SLAYER – Kimetsu no Yaiba**
*von Koyoharu Gotouge*
- Band 01 ISBN: 978-3-96433-280-6
- Band 02 ISBN: 978-3-96433-281-3
- Band 03 ISBN: 978-3-96433-282-0
- Band 04 ISBN: 978-3-96433-283-7
- Band 05 ISBN: 978-3-96433-284-4
- Band 06 ISBN: 978-3-96433-406-0
- Band 07 ISBN: 978-3-96433-407-7
- Band 08 ISBN: 978-3-96433-408-4 Juni 2021
- Band 08 + Schuber ISBN: 978-3-96433-462-6 Juni 2021 | € 15,– (D)
- Band 09 ISBN: 978-3-96433-409-1 August 2021

14x21 | SC | Action | 13+
€ 10,– (D)

**Dorohedoro 2in1 Edition**
*von Q Hayashida*
- Band 01 ISBN: 978-3-96433-465-7 August 2021 | 3in1

14x21 | SC | Fantasy | 16+
€ 15,– (D)

**Dou kyu sei – Verliebt in meinen Mitschüler**
*von Asumiko Nakamura*
- Einzelband ISBN: 978-3-96433-206-6

14x21 | SC | Boys Love | 15+
€ 10,– (D) | **Abgeschlossen**

**EX-ARM**
*von HiRock & Shin-ya Komi*
- Band 01 ISBN: 978-3-96433-145-8
- Band 02 ISBN: 978-3-96433-178-6
- Band 03 ISBN: 978-3-96433-207-3
- Band 04 ISBN: 978-3-96433-229-5
- Band 05 ISBN: 978-3-96433-242-4
- Band 06 ISBN: 978-3-96433-251-6
- Band 07 ISBN: 978-3-96433-296-7
- Band 08 ISBN: 978-3-96433-306-3
- Band 09 ISBN: 978-3-96433-319-3
- Band 10 ISBN: 978-3-96433-384-1
- Band 11 ISBN: 978-3-96433-385-8
- Band 12 ISBN: 978-3-96433-386-5
- Band 13 ISBN: 978-3-96433-387-2 Mai 2021
- Band 14 ISBN: 978-3-96433-388-9 Juli 2021

14x21 | SC mit Klappen | Science-Fiction | 16+
€ 10,– (D) | ab Band 13 € 12,– (D)

**BLAME! +: Die Flucht der Elektrofischer Master Edition**
*von Koutarou Sekine & Tsutomu Nihei & BLAME! Production Committee*
- Einzelband ISBN: 978-3-96433-320-9

16x24 | HC | Science-Fiction | 16+
€ 20,– (D) **Abgeschlossen**

**BLUE PERIOD**
*von Tsubasa Yamaguchi*
- Band 01 ISBN: 978-3-96433-302-5
- Band 02 ISBN: 978-3-96433-312-4
- Band 03 ISBN: 978-3-96433-368-1
- Band 04 ISBN: 978-3-96433-369-8
- Band 05 ISBN: 978-3-96433-370-4
- Band 06 ISBN: 978-3-96433-419-0
- Band 07 ISBN: 978-3-96433-437-4 Juni 2021
- Band 08 ISBN: 978-3-96433-446-6 August 2021

14x21 | SC | Special | 15+
€ 10,– (D)

**CELLS AT WORK!**
*von Akane Shimizu*
- Band 01 ISBN: 978-3-96433-128-1
- Band 02 ISBN: 978-3-96433-158-8
- Band 03 ISBN: 978-3-96433-190-8
- Band 04 ISBN: 978-3-96433-222-6
- Band 05 ISBN: 978-3-96433-235-6

14x21 | SC mit Klappen | Comedy | 12+
€ 10,– (D)

**CELLS AT WORK! An die Arbeit, Blutplättchen!**
*von Yuko Kakihara & Yasu & Akane Shimizu*
- Band 01 ISBN: 978-3-96433-401-5
- Band 02 ISBN: 978-3-96433-402-2 Juli 2021

14x21 | SC | Comedy | Science | 13+
€ 7,99 (D)

**CELLS AT WORK! BLACK**
*von Shigemitsu Harada & Issey Hatsuyoshiya & Akane Shimizu*
- Band 01 ISBN: 978-3-96433-230-1
- Band 02 ISBN: 978-3-96433-243-1
- Band 03 ISBN: 978-3-96433-253-0
- Band 04 ISBN: 978-3-96433-292-9
- Band 05 ISBN: 978-3-96433-323-0
- Band 06 ISBN: 978-3-96433-425-1
- Band 07 ISBN: 978-3-96433-449-7 September 2021

14x21 | SC | Action | Science | 16+
€ 10,– (D)

**Cutie and the Beast**
*von Yuhi Azumi*
- Band 01 ISBN: 978-3-96433-390-2
- Band 02 ISBN: 978-3-96433-391-9
- Band 03 ISBN: 978-3-96433-392-6 Mai 2021

14x21 | SC | Romance | 13+
€ 7,99 (D)

**6th Bullet**
*von Yusuke Osawa*
- Einzelband ISBN: 978-3-96433-088-8

14x21 | SC | Science-Fiction | 16+
€ 15,– (D) | **Abgeschlossen**

**APOSIMZ**
*von Tsutomu Nihei*
- Band 01 ISBN: 978-3-95981-706-6
- Band 02 ISBN: 978-3-96433-068-0
- Band 03 ISBN: 978-3-96433-116-8
- Band 04 ISBN: 978-3-96433-220-2
- Band 05 ISBN: 978-3-96433-291-2
- Band 06 ISBN: 978-3-96433-431-2

14x21 | SC mit Klappen | Science-Fiction | 15+
€ 10,– (D)

**APOSIMZ Full Color Master Edition**
*von Tsutomu Nihei*
- Band 01 ISBN: 978-3-96433-324-7

16x24 | HC | Farbe | Science-Fiction | 15+
€ 30,– (D)

**AYANASHI**
*von Yukihiro Kajimoto*
- Band 01 ISBN: 978-3-96433-100-7
- Band 02 ISBN: 978-3-96433-182-3
- Band 03 ISBN: 978-3-96433-215-8
- Band 04 ISBN: 978-3-96433-231-8

14x21 | SC | Science Fiction | Action | 12+
€ 10,– (D) | **Abgeschlossen**

**Basilisk Master Edition**
*von Futarō Yamada & Masaki Segawa*
- Band 01 ISBN: 978-3-95981-465-2
- Band 02 ISBN: 978-3-95981-469-0

16x24 | HC | Fantasy | History | 16+
€ 28,– (D) | **Abgeschlossen**

**BLADE of the Immortal Perfect Edition 2in1**
*von Hiroaki Samura*
- Band 01 ISBN: 978-3-96433-371-1
- Band 02 ISBN: 978-3-96433-372-8
- Band 03 ISBN: 978-3-96433-373-5 Juni 2021

14x21 | SC mit Schutzumschlag | Action | 16+
€ 25,– (D)

**BLAME! 0: NOiSE Master Edition**
*von Tsutomu Nihei*
- Einzelband ISBN: 978-3-96433-140-3

16x24 | HC | Science-Fiction | 16+
€ 20,– (D) | **Abgeschlossen**

**BLAME! Master Edition**
*von Tsutomu Nihei*
- Band 01 ISBN: 978-3-95981-445-4
- Band 02 ISBN: 978-3-95981-449-2
- Band 03 ISBN: 978-3-95981-453-9
- Band 04 ISBN: 978-3-95981-457-7
- Band 05 ISBN: 978-3-95981-461-4
- Band 06 ISBN: 978-3-95981-714-1

16x24 | HC | Science-Fiction | 16+
€ 28,– (D) | **Abgeschlossen**

Änderungen und Irrtümer vorbehalten. Stand 03/2021

# MANGA CULT Checkliste ☑

**Knights of Sidonia Master Edition**
*von Tsutomu Nihei*
☐ Band 01 ISBN: 978-3-96433-361-2
☐ Band 02 ISBN: 978-3-96433-362-9
Juli 2021
16x24 | HC | Science-Fiction | 16+
€ 28,– (D)

**Kuhime**
*von Hideo Takenaka*
☐ Band 01 ISBN: 978-3-95981-718-9
☐ Band 02 ISBN: 978-3-95981-722-6
☐ Band 03 ISBN: 978-3-96433-092-5
☐ Band 04 ISBN: 978-3-96433-113-7
14x21 | SC mit Klappen | Horror | 16+
€ 10,– (D) | **Abgeschlossen**

**LAID-BACK CAMP**
*von afro*
☐ Band 01 ISBN: 978-3-96433-309-4
☐ Band 02 ISBN: 978-3-96433-322-3
☐ Band 03 ISBN: 978-3-96433-335-3
☐ Band 04 ISBN: 978-3-96433-336-0
☐ Band 05 ISBN: 978-3-96433-337-7
☐ Band 06 ISBN: 978-3-96433-426-8
Mai 2021
☐ Band 07 ISBN: 978-3-96433-427-5
Juli 2021
☐ Band 08 ISBN: 978-3-96433-428-2
September 2021
14x21 | SC | Slice of Life | 13+
€ 10,– (D)

**LAYLA UND DAS BIEST, DAS STERBEN MÖCHTE**
*von Asato Konami & Eziwa Saito*
☐ Band 01 ISBN: 978-3-96433-080-2
☐ Band 02 ISBN: 978-3-96433-084-0
☐ Band 03 ISBN: 978-3-96433-141-0
☐ Band 04 ISBN: 978-3-96433-170-0
14x21 | SC mit Klappen | Abenteuer | 12+
€ 10,– (D) | **Abgeschlossen**

**MEIN SCHULGEIST HANAKO**
*von AidaIro*
☐ Band 01 ISBN: 978-3-96433-313-1
☐ Band 02 ISBN: 978-3-96433-331-5
☐ Band 03 ISBN: 978-3-96433-332-2
☐ Band 04 ISBN: 978-3-96433-333-9
☐ Band 05 ISBN: 978-3-96433-334-6
☐ Band 06 ISBN: 978-3-96433-439-8
Juni 2021
☐ Band 07 ISBN: 978-3-96433-440-4
August 2021
14x21 | SC | Fantasy | 13+
€ 7,99 (D)

**MUSHISHI Perfect Edition**
*von Yuki Urushibara*
☐ Band 01 ISBN: 978-3-96433-301-8
☐ Band 02 ISBN: 978-3-96433-314-8
☐ Band 03 ISBN: 978-3-96433-342-1
☐ Band 04 ISBN: 978-3-96433-343-8
☐ Band 05 ISBN: 978-3-96433-344-5
☐ Band 06 ISBN: 978-3-96433-345-2
☐ Band 07 ISBN: 978-3-96433-346-9
Juni 2021
☐ Band 08 ISBN: 978-3-96433-347-6
August 2021
14x21 | SC | Fantasy | 15+
€ 15,– (D)

**HI SCORE GIRL**
*von Rensuke Oshikiri*
☐ Band 01 ISBN: 978-3-96433-254-7
☐ Band 02 ISBN: 978-3-96433-290-5
☐ Band 03 ISBN: 978-3-96433-304-9
☐ Band 04 ISBN: 978-3-96433-317-9
☐ Band 05 ISBN: 978-3-96433-378-0
☐ Band 06 ISBN: 978-3-96433-379-7
☐ Band 07 ISBN: 978-3-96433-380-3
☐ Band 08 ISBN: 978-3-96433-381-0
Mai 2021
☐ Band 09 ISBN: 978-3-96433-382-7
Juli 2021
☐ Band 10 ISBN: 978-3-96433-383-4
September 2021
14x21 | SC | Slice of Life | 13+
€ 10,– (D)

**I'm Standing on a Million Lives**
*von Naoki Yamakawa & Akinari Nao*
☐ Band 01 ISBN: 978-3-96433-463-3
Mai 2021
☐ Band 02 ISBN: 978-3-96433-464-0
Juli 2021
☐ Band 03 ISBN: 978-3-96433-466-4
September 2021
14x21 | SC | Fantasy | 12+
€ 10,– (D) |

**Ich bin eine Spinne, na und?**
*von Okina Baba & Asahiro Kakashi*
☐ Band 01 ISBN: 978-3-96433-132-8
☐ Band 02 ISBN: 978-3-96433-154-0
☐ Band 03 ISBN: 978-3-96433-186-1
☐ Band 04 ISBN: 978-3-96433-221-9
☐ Band 05 ISBN: 978-3-96433-234-9
☐ Band 06 ISBN: 978-3-96433-249-3
☐ Band 07 ISBN: 978-3-96433-287-5
☐ Band 08 ISBN: 978-3-96433-303-2
☐ Band 09 ISBN: 978-3-96433-451-0
September 2021
14x21 | SC | Fantasy | Action | 12+
€ 10,– (D)

**IT'S MY LIFE**
*von Imomushi Narita*
☐ Band 01 ISBN: 978-3-96433-202-8
☐ Band 02 ISBN: 978-3-96433-225-7
☐ Band 03 ISBN: 978-3-96433-238-7
☐ Band 04 ISBN: 978-3-96433-246-2
☐ Band 05 ISBN: 978-3-96433-285-1
☐ Band 06 ISBN: 978-3-96433-299-8
☐ Band 07 ISBN: 978-3-96433-310-0
☐ Band 08 ISBN: 978-3-96433-339-1
☐ Band 09 ISBN: 978-3-96433-340-7
☐ Band 10 ISBN: 978-3-96433-341-4
☐ Band 11 ISBN: 978-3-96433-418-3
14x21 | SC | Fantasy | 13+
€ 10,– (D) | **Abgeschlossen**

**JoJo's Bizarre Adventure – Part 1: Phantom Blood**
*von Hirohiko Araki*
☐ Band 01 ISBN: 978-3-96433-395-7
August 2021
14x21 | SC | Action | 16+
€ 12,– (D)

**GANTZ – Perfect Edition 3in1**
*von Hiroya Oku*
☐ Band 01 ISBN: 978-3-96433-000-0
☐ Band 02 ISBN: 978-3-96433-004-8
☐ Band 03 ISBN: 978-3-96433-008-6
☐ Band 04 ISBN: 978-3-96433-012-3
☐ Band 05 ISBN: 978-3-96433-233-2
☐ Band 06 ISBN: 978-3-96433-248-6
☐ Band 07 ISBN: 978-3-96433-298-1
☐ Band 08 ISBN: 978-3-96433-316-2
☐ Band 09 ISBN: 978-3-96433-032-1
☐ Band 10 ISBN: 978-3-96433-036-9
☐ Band 11 ISBN: 978-3-96433-040-6
Juni 2021
☐ Band 12 ISBN: 978-3-96433-044-4
September 2021
14x21 | SC mit Klappen | Science-Fiction | 16+
€ 20,– (D) | ab Band 09 € 25,– (D)

**GANTZ:E**
*von Hiroya Oku & Jin Kagetsu*
☐ Band 01 ISBN: 978-3-96433-476-3
September 2021
14x21 | SC | Science-Fiction | 16+
€ 10,– (D) |

**GOLDEN KAMUY**
*von Satoru Noda*
☐ Band 01 ISBN: 978-3-96433-256-1
☐ Band 02 ISBN: 978-3-96433-228-8
☐ Band 03 ISBN: 978-3-96433-241-7
☐ Band 04 ISBN: 978-3-96433-250-9
☐ Band 05 ISBN: 978-3-96433-294-3
☐ Band 06 ISBN: 978-3-96433-305-6
☐ Band 07 ISBN: 978-3-96433-318-6
☐ Band 08 ISBN: 978-3-96433-227-1
☐ Band 09 ISBN: 978-3-96433-240-0
☐ Band 10 ISBN: 978-3-96433-326-1
☐ Band 11 ISBN: 978-3-96433-436-7
Juli 2021
☐ Band 12 ISBN: 978-3-96433-444-2
September 2021
☐ Band 13 ISBN: 978-3-96433-450-3
November 2021
14x21 | SC | Action | History | 16+
€ 10,– (D)

**GREEN WORLDZ**
*von Yusuke Osawa*
☐ Band 01 ISBN: 978-3-95981-674-8
☐ Band 02 ISBN: 978-3-95981-678-6
☐ Band 03 ISBN: 978-3-95981-682-3
☐ Band 04 ISBN: 978-3-96433-048-2
☐ Band 05 ISBN: 978-3-96433-052-9
☐ Band 06 ISBN: 978-3-96433-056-7
☐ Band 07 ISBN: 978-3-96433-060-4
☐ Band 08 ISBN: 978-3-96433-064-2
14x21 | SC mit Klappen | Survival Horror | 16+
€ 10,– (D) | **Abgeschlossen**

**Heavenly Delusion – Das verlorene Paradies**
*von Masakazu Ishiguro*
☐ Band 01 ISBN: 978-3-96433-255-4
☐ Band 02 ISBN: 978-3-96433-295-0
☐ Band 03 ISBN: 978-3-96433-307-0
☐ Band 04 ISBN: 978-3-96433-445-9
Juli 2021
14x21 | SC | Science-Fiction | 12+
€ 10,– (D)

# MANGA CULT Checkliste

**SOMALI UND DER GOTT DES WALDES**
*von Yako Gureishi*
- Band 01 ISBN: 978-3-96433-232-5
- Band 02 ISBN: 978-3-96433-244-8
- Band 03 ISBN: 978-3-96433-252-3
- Band 04 ISBN: 978-3-96433-297-4
- Band 05 ISBN: 978-3-96433-308-7
- Band 06 ISBN: 978-3-96433-321-6

14x21 | SC | Fantasy | 12+
€ 10,– (D)

**Sotsu gyo sei – Verliebt in meinen Mitschüler**
*von Asumiko Nakamura*
- Band 01 ISBN: 978-3-96433-279-0
- Band 02 ISBN: 978-3-96433-289-9

14x21 | SC | Boys Love | **Abgeschlossen**
15+ | € 10,– (D)

**SURVIVING WONDERLAND**
*von Tabasa Iori*
- Band 01 ISBN: 978-3-96433-096-3
- Band 02 ISBN: 978-3-96433-174-8
- Band 03 ISBN: 978-3-96433-211-0

14x21 | SC | Horror | Mystery | 16+
€ 10,– (D) | **Abgeschlossen**

**TEKKON KINKREET Master Edition**
*von Taiyō Matsumoto*
- Einzelband ISBN: 978-3-95981-734-9

16x24 | HC | Science-Fiction | 15+
€ 32,– (D) | **Abgeschlossen**

**The Holy Grail of Eris**
*von Kujira Tokiwa, Hinase Momoyama & Yunagi*
- Band 01 ISBN: 978-3-96433-471-8 September 2021

14x21 | SC | Mystery | 16+
€ 7,99 (D)

**TONIKAWA – Fly me to the Moon**
*von Kenjiro Hata*
- Band 01 ISBN: 978-3-96433-452-7 Juli 2021
- Band 02 ISBN: 978-3-96433-453-4 September 2021

14x21 | SC | Romance | 12+
€ 7,99 (D)

**Twilight Outfocus**
*von Jyanome*
- Band 01 ISBN: 978-3-96433-469-5 Juni 2021
- Band 02 ISBN: 978-3-96433-470-1 August 2021

14x21 | SC | Boys Love | 16+
€ 10,– (D)

**Twittering Birds Never Fly**
*von Kou Yoneda*
- Band 01 ISBN: 978-3-96433-315-5
- Band 02 ISBN: 978-3-96433-327-8
- Band 03 ISBN: 978-3-96433-328-5
- Band 04 ISBN: 978-3-96433-329-2 Mai 2021
- Band 05 ISBN: 978-3-96433-330-8 August 2021

14x21 | SC | Boys Love | 16+
Band 1 € 10,– (D) | ab Band 2 € 12,– (D)

**My Next Life as a VILLAINESS: Wie überlebe ich in einem DATING-GAME?**
*von Satoru Yamaguchi & Nami Hidaka*
- Band 01 ISBN: 978-3-96433-325-4
- Band 02 ISBN: 978-3-96433-354-4
- Band 03 ISBN: 978-3-96433-355-1
- Band 04 ISBN: 978-3-96433-356-8
- Band 05 ISBN: 978-3-96433-447-3 August 2021

14x21 | SC | Fantasy | 15+
€ 10,– (D)

**PARATAXIS Master Edition**
*von Shintaro Kago*
- Einzelband ISBN: 978-3-95981-750-9

16x24 | HC | Science-Fiction | 16+
€ 20,– (D) | **Abgeschlossen**

**Quin Zaza – Die letzten Drachenfänger**
*von Taku Kuwabara*
- Band 01 ISBN: 978-3-96433-072-7
- Band 02 ISBN: 978-3-96433-076-5
- Band 03 ISBN: 978-3-96433-166-3
- Band 04 ISBN: 978-3-96433-198-4
- Band 05 ISBN: 978-3-96433-224-0
- Band 06 ISBN: 978-3-96433-237-0
- Band 07 ISBN: 978-3-96433-293-6
- Band 08 ISBN: 978-3-96433-358-2 Mai 2021
- Band 09 ISBN: 978-3-96433-359-9 August 2021

14x21 | SC mit Klappen | Fantasy | 15+
€ 10,– (D)

**RG VEDA Master Edition**
*von CLAMP*
- Band 01 ISBN: 978-3-96433-149-6
- Band 02 ISBN: 978-3-96433-150-2
- Band 03 ISBN: 978-3-96433-151-9
- Band 04 ISBN: 978-3-96433-257-8
- Band 05 ISBN: 978-3-96433-153-3

16x24 | HC | Fantasy | 12+
€ 28,– (D) | **Abgeschlossen**

**SHOJO-MANGAKA NOZAKI-KUN**
*von Izumi Tsubaki*
- Band 01 ISBN: 978-3-96433-226-4
- Band 02 ISBN: 978-3-96433-239-4
- Band 03 ISBN: 978-3-96433-247-9
- Band 04 ISBN: 978-3-96433-286-8
- Band 05 ISBN: 978-3-96433-300-1
- Band 06 ISBN: 978-3-96433-311-7
- Band 07 ISBN: 978-3-96433-350-6
- Band 08 ISBN: 978-3-96433-351-3
- Band 09 ISBN: 978-3-96433-352-0
- Band 10 ISBN: 978-3-96433-353-7 September 2021
- Band 11 ISBN: 978-3-96433-448-0 November 2021

14x21 | SC | Comedy | 13+
€ 7,99 (D)

STOPP!

# STOPP! DIES IST DIE LETZTE SEITE!

**TWITTERING BIRDS NEVER FLY** ist ein Manga, und einen japanischen Comic liest man von hinten nach vorne. Auch die Lesereihenfolge der Bilder und Sprechblasen auf den Seiten ist anders als gewohnt: von rechts oben nach links unten.

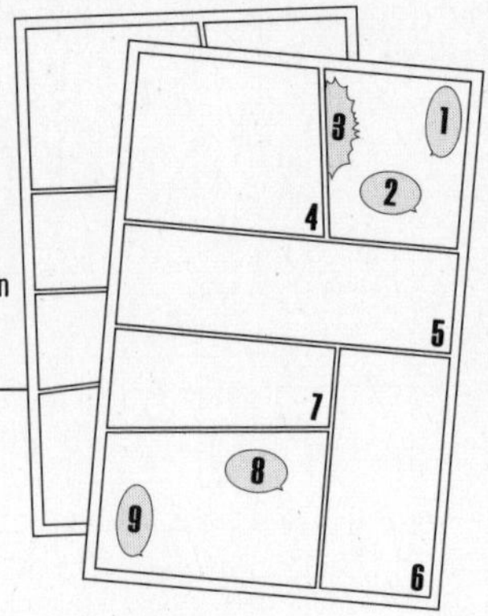


# TWITTERING BIRDS NEVER FLY 4

von
Kou Yoneda

2. Auflage, 2023
Deutsche Ausgabe/German Edition

Inh. Andreas Mergenthaler | Verlagsleitung: Luciana Bawidamann

Aus dem Japanischen von Verena Maser

SAEZURUTORI WA HABATAKANAI vol. 4

First published in Japan in 2016 by TAIYOH TOSHO Co., Ltd., Tokyo.
German translation rights arranged with TAIYOH TOSHO Co., Ltd.
through Tuttle-Mori Agency, Inc, Tokyo.

Programmleitung: Alexandra Grimsehl
Redaktion: Alexandra Grimsehl
Lektorat: Martin Gericke
Grafik/Produktionsleitung: Elke Epple
Layout und Lettering: Manga Cult, Datagrafix GSP GmbH, Berlin
Druck: GGP Media GmbH, Poessneck



Print-ISBN: 978-3-96433-329-2

www.manga-cult.de | Mai 2021